JN251547

ただならぬぽ

TADANARANU PO

田島健一
Tajima Kenichi

ふらんす堂

上梓にあたって、身に余る序文をいただいた石寒太先生、選句をお手伝いいただいた「炎環」同人の山高真木子氏、宮本佳世乃氏には大変お世話になりました。心より御礼申し上げます。

また、ものぐさでいつまでも作業が完遂しない私を鼓舞激励してくれた父、山田庫夫にも改めて感謝いたします。

序

無意味之真実感合探求

新感覚非日常派真骨頂

石寒太

ただならぬぽ

記録しんじつ

翡翠の記録しんじつ詩のながさ

端居してかがやく知恵の杭になる

玉葱を切るいにしえを直接見る

口笛のきれいな薔薇の国あるく

枇杷無言雨無言すべてが見える

帆のような
繭と糸食欲と逃げたい身体

草笛を吹くいちれんの手がきれい

眼があるから独りになれずあまがえる

偶然の盗まれるまで螢かな

爪切りにぐっとかたちのある薄暑

点眼や揺れるせかいをよこぎる蚊

蛇衣を脱ぐ心臓は持ってゆく

老人病棟みなみひらけば南風

帆のような素肌ラジオのように滝

音楽噴水

友達でふさがっている祭かな

愛や枇杷ふたつ二等辺三角形

金魚売り豪雨のなかを帰りけり

音楽噴水いま偶然のこどもたち
中空にひかる午睡の不思議な樹

雨後

父が母へ投げる玉葱俺の上

家族舟かわせみの正面にいる

座椅子よりきらりとすべる薄暑かな

束で売る海鵜ひとたば売れ残り

滝壺へ降りゆく父の服の色

あいさつの雨降りそそぐ枇杷と顔

帆立貝とみじかい手紙敬称略

実母義母金魚静まりかえる雨後

妻となる人五月の波に近づきぬ

不思議な婚姻

類型の蜘蛛が忌日の窓に垂れ

包帯を巻いて祭りのなかにいる

宰相将軍銅貨のなかに百合沈む

樹の店の小さき提案みなみかぜ

猫あつまる不思議な婚姻しずかな滝

蓬髪の使者

霍乱や夜伽の青き孫悟空

ところてん突然つよく名前呼ぶ

火のなかへ音符たすけにゆく蜥蜴

虹ふるく不可測うごかぬ船の頭上

脳外科の空間に名を呼ばれし蚊

姉妹夏服ほそながい舟を押す

夕立を来る蓬髪の使者は息子

咲いてみれば

ふりそそぐ案山子悲しみ神のいしき

顔に傷痕えだまめが跳びはねる
己が何か知らざる咲いてみれば菊

読む人の風体は武士葉鶏頭

いなびかり包装の達人といる

梨むかし日暮ほろぼす我が家かな

いれものにいれるとねむるように鯊

月と鉄棒

颱風の眼にいて猫を裏がえす

蓑虫は澄んだ眼の鉛筆になる

月と鉄棒むかしからあるひかり

胡桃いじくる手のなかの別の時間

動く為替この道を今日も牝鹿

晴天経済穴のかずだけ穴に蛇

満月に眼のあり小学校の石

霧晴れて峠ととのう悪事かな

水蜜桃ふた部屋を風とおり過ぎ

ふかい霧

感情をゆらさず柚子のようにいる

島あかるく名前も顔もない茸

くちぶえのまわりの昏い秋祭

戦争は空気を走る銀の鹿

鵙は知らないテキサスの水飲んでいる

無限に無垢につづく足し算秋澄む日

墓参の祖母箱抱き箱のなかに靴

閻魔蟋蟀活字あかるく連なれり

グリコ横取り僕の横ふかい霧

鶴が見たいぞ

郵便の白鳥を「は」の棚に仕舞う

好日や客むささびとなり帰る

つむる眼のなかの家族や狐鳴く

ふくろうの軸足にいる女の子

去れよ闇ふたしかな鶴からけむり

黒い三月まなざし盾にして帰る

鶴が見たいぞ泥になるまで人間は

罪ほろぼし

欠礼の都市にひかりの冬きたる

見えているものみな鏡なる鯨

鶴つれて偉人に見える小学生

兎から風もれている涅槃かな

いまも祈るよ音楽の枯野を牛

息子きみは弓だ雪夜に強く撓り

豆撒いて職務へもどりきて無言

夜の火事大人の間から見える

みな梟罪ほろぼしの闇へ下車

白鳥定食

欠伸ころして何も無くなり冬の晴

嚔してたらたら五百羅漢散る

絶壁や探梅行はいのちで圧す

海馬眠る傍流の神様がいる

風花の奥のしずかな披露宴

牡蠣食うて地上を飾る眠り人

白鳥定食いつまでも聲かがやくよ

連想ゲーム

穴にのろしか益々にぎやかに遊べ

蟹玉や明日がぜんぶ風花なの

家のところどころを直し潤目鰯

少女基礎的電気通信役務や雪
父くじら子くじらリクライニングシート

ここ押すとくちびる出ますクリスマス

セロリスティックぐらつく机にて署名

子の言葉殖ゆ綿虫の一大事

連想ゲームのおわりは晴れて鯨かな

静かな木

風のなき四章を読み終えし雪

雪ふくろう私服に包み抱き帰る

静寂に兎を置けば走りだし

食欲のきよらかに白鳥は夜

祝宴の海鼠なりけり永遠なり

霜夜愛のいっさい誤読して入浴

かまいたち京都にまぼろしを殖やす

偶然のたましいならぶクリスマス

葉を纏うとき白鳥も静かな木

二兎

降る雪やサラダの著しい進歩

鏡中のこがらし妻のなかを雲

寒椿空気のおもてがわに咲く

凍鶴や産業の火を持ちあるく

牡蠣するする食う貞操観念ぼんやり

手の中にくじら七頭ひとつが母

クリスマスイブ雨アルミニウムの牛

天日や毎日まいにちおどろく鮫

二兎は布から泉ながめて日の都

空がこころ

森よ菠薐草に塩ふるしぐさ

如月の雲の匂いのおとこの児
空がこころの妻の口ぶえ花の昼

庭師は次の庭へ行かねばならぬ菫

猫柳こどものうつくしい会話

夜桜となるまで海のさくらかな

桜降るどのひとひらも妻の暮らし

夜のこと

磯巾着死ねば我慢の穴のこる

捨て猫を雲あふれでる竹の秋

雛の日の番の虎が濡れている

汐干狩父が煙になっている

神話よりぽとりと落ちて眠る雉子

息のある方へうごいている流氷

接吻のまま導かれ蝌蚪の国

とくべつな光を食べて春の鶴

鳥の巣に鳥いなくなり夜のこと

江戸

謹賀新年まなこきれいな蛸つかみ

雛と祖父だんだん白い言葉になる

ひらけば雛おおきな蓋をもてあます

ふたつあり二つ目は謎チューリップ

遠足や放送ブースにひかりの壁

卒業の写真半分以上が空

数学に雲雀はじまる木の扉

芽吹く江ノ島天国のようなパーマ

風船のうちがわに江戸どしゃぶりの

流氷動画

紅梅やネバダにも似た花がある

父はひかり届かぬからだ朝桜

忠実な嫁の嫁菜の読めない愛

梅咲いて腰がしっかりして青空

花曇り暗算の眼は何か殺し

流氷動画わたしの言葉ではないの
失えば皆さくら待てるだけ待て

蜂が眼を

昏睡のあおき正午や雲雀降る

鳥雲にもう打つ場所のないオセロ

架空より来て偶然の海へ蝶

活字草原きらきら寒いけれど春

谷渡るうぐいす濁るよりはやく

記号うつくし空港の通路を蝶

空に鈴町ゆれる桜の辻にいる

雉子ここに何か伝えにきて沈む

蜂が眼を集めて空へ供養の日

根の研究

きさらぎの泥のひかりを撮るカメラ

傷ひとつ得ずふらここを残し去る

菜の花に沈んで眠る木のギター

ひとつ足りないところが無限雛祭

海女ひとり太る飾りのない鏡

壺焼や日記に書けばあかるき日

不純異性交遊白魚おどり食い

眼をつよく儚く蛇出づるメイク

根の研究あかるくて見えにくい蝶

ひかりの意志

さえずりやちいさく晴れし壺の空

鈴専門店「鈴屋」末黒野過ぎてすぐ

武士くちぶえ死角を雉子に占められる

菜の花はこのまま出来事になるよ

悪の名詞化この世まばゆいチューリップ

白木蓮知性つまびらかに疲れ

さわぐ樹を朧でてゆくまで千年

暴投や日永をたちのぼる煙
色のない雉をひかりの意志で抱く

みなと

胃に森がありに花守が泣いている

ものの種ときどき宙に雨のように
けむりから京都うまれし桜かな

蜂の巣に太陽は減りつづけている

紋黄蝶とくべつな子になるまで追う

ひらく雛菊だれのお使いか教えて

菫あつまるとみなとのような庭

誰か空を

ヒトラー女性化計画複数形の蝶

軍艦をこわして螢籠つくる

戦争したがるド派手なサマーセーターだわ

原子炉がこわれ泉は星だらけ

いちご憲法いちごの幸せな国民

天の川うつろに育つ軍事の樹

玉蜀黍が戦場それ以上言わない

桃に水のこわさがつづく夜空かな

知りたがる八月の者たちは雨

かなしい絵本黙って梨をむいている

誰か空をころして閉じ込めて鶴を

泉の場所

蟬時雨いるような気がすればいる

視野に白鷺くちびるがふとあまい

溜池に降るこまどりの寓話かな

冷遇ガール多彩な蛇に名前あり

海ぞぞぞ水着ひかがみみなみかぜ

生まれつき鵜飼わたしだけの治安

総合病院だれも泉の場所知らず

剣玉少年

ゆるく窪む人も枕も空豆も

枇杷ひとつふたつ統計的に善

隠さず申すうすばかげろう酒たばこ

父の日に見つかるミサイルの一部

蟻が蟻越え銀行が痩せてゆく

死も選べるだがトランプを切る裸

餅肌や見えない滝で充ちている

噴水のからあげ綺羅綺羅欲しがる

老いて好む縞やがて飛魚になる

飛び魚のほのと塩味よぞらの塩

剣玉少年においい残さず夕立へ

徒し世

五月雨が生家をたたく返事がない

緑はげます空間のサボタージュ

うっすらと飾りの見えている緑雨

庭たのし末路ゆたかに扇風機

筆談の釣堀あかるくなってくる

火山一個死んではならぬ蟬時雨

泉たずねて空港に樹の閾

蚕豆の神話しずかなそらもよう

徒し世に生きて鵜飼いは昂ぶらず

光るうどん

匙とメロン部屋に子供たちがいない

沙羅の花双子をふとくふちどるフォト

抱擁のあと飴色の蟬ひろう

待たされて苺の夜に立っている

海賊全裸朝日にたまねぎ貪り食い

食べられるまでは夢見る枇杷ふたつ

コカコーラどぼどぼ捨てる祭かな

事務員はパパイヤ他人のために切る

光るうどんの途中を生きていて涼し

枇杷の量

白鷺に遅れて薄い憲法ある

火の気配する親友のながい昼寝

仏法にひたおどる使徒のぼる海月

紫陽花をあやつる声のない星座

さくら葉桜ネーデルランドのあかるい汽車

世界ずたぼろ夜空に実る枇杷の量

蟹追う犬空間が混み合っている

移民あつまり青鷺は風景に

遠雷やぽっかり空いている南

揺れている

昼寝より覚めて帆のない船はこぶ

戦争やはたらく蛇は笛のよう
虎が蠅みつめる念力でござる

出航や脳に白夜の大樹あり

明滅や夕立を少女は絶対

揺れている硝子の青田道あなた
紫陽花を仕立てる針と糸のこと

ひけらかす死のかりそめを明るい雨季

薔薇を見るあなたが薔薇でない幸せ

紙の世界

息災やまなこ大事に螢狩り

かんたんな蛇の経歴ひかりに似て

刻かざる金魚最高学府は雨

うつくしき朝日を値切る金魚売り

鵜飼いの鵜ビジネスマンの美のごとし

青鷺や泥がとりまく孤独な樹

紙で創る世界海月の王も紙

ただならぬぽ

噴水の奥見つめ奥だらけになる

自動冷房青いさなぎになっている

飛魚を食い強運をもてあます

僕らたまたまみんな駒鳥おそろいの
枇杷かじりいる真面目さが美しさ

砂に降る夕立にんげん同士が樹
ただならぬ海月ぽ光追い抜くぽ

せかいの樹

日没の打ち水は目のないひかり

蚊が顔のほとり時刻のように飛ぶ

白鷺立つ歴史ににせもののように

ひと箱の枇杷を風下より運ぶ

虹が波さらえばこの子せかいの樹

蜜豆

あまぐもや蜜豆ひとつ置き空想

蜜豆とあんみつ暗いひとは誰

蜜豆や見つめるひとびとの祝辞

海みつめ蜜豆みつめ眼が原爆

蜜豆を夜のこころがたいらげる

健康

回し見る桃にちいさく起こる風

眼がひらき顔だとわかる雨月かな

台風圏に時間がうつくしい麒麟

ルミネ瑠璃るら呆と手放す天の川

梨かなしみプラスチックを通して見る

息吹く柿意に添う姉の嫁ぎさき

西日暮里から稲妻見えている健康

雨冠

墓を見ているとき茸山きえる

墓洗ぅ父を濡らしているのは誰

回転遊具におどろき七度ななかまど

いんげんまめ家に知らない人がいる
鹿が見つめる君の子はだいじょうぶ

ひとみごくうの瞳のうごく花野かな

茸あかるい声と雨冠をください

日常

水とあそぶ編年体の鹿つれて

鹿に涙みちるエルサルバドル夜

人に見られるまでシンメトリーの桃

騎馬ひとつ感じる蕎麦の花のなか

霧の三叉にかつかつ拍車逢うべき人

メロディややぼんやり島のさつまいも

神さまの孤独なむかし木の実雨

杖たてかけて茸には見える時間

秋や日常泣き叫ぶ子へ誰も何も

ごちそう

客車に胡桃息をしながら大人たち

霧晴れてときどき雲を見る読書

双眸のきれいな鹿を持ち帰る

金木犀うちがわにもう一人いる

細君の黒目たいせつ渡り鳥

いのちありすぎ秋晴に眼が濁る

ごちそうと冷たいまくら谷は秋

霧の倫理

霧雨に馬の使命が書き換わる

西瓜切る西瓜の上の人影も

静寂に色鳥ときどき言葉わかる

諸氏半身紅葉もうはんぶんは悪

鵜がいる永遠にバス来ないかも

鹿抱いて孤独が架空である証明

七夕や卵の知られざるつづき

音楽と霧ゆるやかに出てゆく樹

くちぶえや霧の倫理に従うべし

古い布

ラグビーやしずかに結ぶ子供たち

クラスメイトは狐火よ信じる鈴

豆撒けば響くいっさいがっさい距離

祝福や船に雪うなばらに雪

裏返る佐伯氏電気毛布の中

琴の堅さ鶴のはかなさ顔のちから
たとうがみ人より狐ながく愛す

ささやきの心に襖たっている

鶴つつむ古い布あまねく朝日

祝日

鶴国家ふしぎな鶴が攻めてくる

光る人参可憐な名前ささげる子

忘年会背中に的のある男

神山君の家葱を売る靴も売る
白菜が祖母抱きしめて透きとおる

日没や弟にふくろうが棲む

晴れやみごとな狐にふれてきし祝日

億の雪

紅鶴がしぐれ最後の頁のよう

オランダミツバ火の万能を信じない

十二月あたたかし鎌丸洗い

死に顔を見に絨毯の上歩く

時雨しのげる江ノ島の光る屋根

婚姻や幾度も白い鮫とおる

二十日鼠のまなざしを継ぎ億の雪

真贋

鯨は眼がしみてその理由を知らず

滝凍てて夜な夜な途方もない配膳

パパは太鼓じゃないんだ雪止んで晴

雨のような贋金たのし鶴うつくし

生まれては死んでは開く障子かな

内側の見えぬ小学校に雪

真贋や鶴にしずかな日のひかり

揺れる眼

にんげんを見すぎて屏風絵のなかに

死ぬたびに鶴くらやみを言葉にする

深雪晴れ鳥の登記を手伝うよ

次のバスには次のひとびと十一月

なみだすずしろ円形に湯の沸いている

空とぎりぎりの契約火に海鼠

汝が望み晴れたか揺れる眼の狼

永遠

雪兎かがみのなかのもうひとつ

日の障子ともだちが黒い服脱ぐ

末期まばたき何度も何度も鯨の詩

せり出してくる日本画に立つ狐

泥濘に策士ゆきちる時雨かな

ふたしかな冬ざれふたりいる不思議
湯ざめしていると出てゆく糸がある

兎抱けば夜のようねと笑われる
日にくじら永遠がいったん終わる

雪のみなみ

みな笛をもって生まれし十一月

鮫の眼は個室のくらさ樹のホテル

笹鳴のことばでアルバムをまもる

商品の兎ぴったり見つめ合う

右眼から鳥になる願わくば鶴

きよらかな器に子どもたちは雪

なにもない雪のみなみへつれてゆく

息のおわり

兎の眼うつくし紙のような自我

何か言うまであるようでない冬日

着ぶくれて遊具にひっかかっている

鶴と鶴の骨格うすべにいろの雲

杖は終日冬晴れをみちびいて来し

ふところの兎おぼえていて欲しき
梟や息のおわりのきれいな詩

あとがき

俳句が俳句であることは難しい。
それは自分が自分であることの難しさと似ている。

これまでこうして俳句を書いてきたけれど、
書いたものは、常にかけがえのない出来事だったと言えるだろうか。

これまで書いてきたものは、結局書けなかったものの堆積なのかも知れない。

本書をまとめながら、これは、ただただ幼稚な主体が
少しだけ大人めくためのプロセスに過ぎなかったのではないか、と怖くなった。

願わくばここに書かれたものが、
繰り返し想起されるに値するものであることを。
私の息切れや痙攣のような一句一句を、
ひとまずの全てであるところの私として。
あらゆる人のはじまりであることの困難さの代わりに。

二〇一六年九月

著者

ただならぬぽ　目次

序・石　寒太

＊

記録しんじつ　7
帆のような　10
音楽噴水　15
雨後　18
不思議な婚姻　23
蓬髪の使者　26
咲いてみれば　30
月と鉄棒　34
ふかい霧　39
鶴が見たいぞ　44
罪ほろぼし　48
白鳥定食　53
連想ゲーム　57
静かな木　62
二兎　67
空がこころ　72
夜のこと　76
江戸　81
流氷動画　86
蜂が眼を　90
根の研究　95
ひかりの意志　100
みなと　105
誰か空を　109

泉の場所　115
剣玉少年　119
徒し世　125
光るうどん　130
枇杷の量　135
揺れている　140
紙の世界　145
ただならぬぽ　149
せかいの樹　153
蜜豆　156
健康　159
雨冠　163
日常　167
ごちそう　172

霧の倫理　176
古い布　181
祝日　186
億の雪　190
真贋　194
揺れる眼　198
永遠　202
雪のみなみ　207
息のおわり　211

あとがき　216

略歴

田島健一（たじまけんいち）
一九七三年東京生。
石寒太に師事。「炎環」同人。
同人誌「豆の木」「オルガン」参加。

句集　ただならぬぽ
二〇一七年一月二一日　初版発行　二〇一七年三月一九日　二刷
著　者――田島健一
発行人――山岡喜美子
発行所――ふらんす堂
〒182-0002 東京都調布市仙川町一―一五―三八―二F
電　話――〇三（三三二六）九〇六一　FAX〇三（三三二六）六九一九
ホームページ http://furansudo.com/ E-mail info@furansudo.com
振　替――〇〇一七〇―一―一八四一七三
装　幀――和　兎
印刷所――三修紙工㈱
製本所――三修紙工㈱
定　価――本体二四〇〇円＋税
ISBN978-4-7814-0929-0 C0092 ¥2400E
乱丁・落丁本はお取替えいたします。